JN320638

偽記憶

海辺の町の思ひ出　7
大きな峠の思ひ出　11
藁の蛇の思ひ出　15
理髪店のラヂオの思ひ出　19
山あひのプラットホームの思ひ出　23
廃坑の入口の思ひ出　27
白い木箱の思ひ出　31
町はづれの堀川の思ひ出　35
ある「地獄巡り」の思ひ出　39
山麓の石原の思ひ出　43

海辺の町の思ひ出

もうさうなつて来ると　息つくひまもなく　ざらつく夜闇が
落ちかかつて　その路地を浸した　真正面に海の見える狭い
牡蛎の殻を敷きつめた細道　わづかに路面にこぼれた燈影
その路地へ　思ひ詰めた横顔を見せて　踏み込んで行くのは
それは　まちがひない　九歳の私だ

バケツの中で干からびていく魚の臓物の放つ匂ひ　靴底で砕
ける牡蛎殻の感触　この北の海辺の町の住民は　半ばは漁師
半ばは製鋼工場の労働者　遠いざわめきは　その労働者が一
日の業を了へた証しだらうか

路地道の右側五軒目か六軒目　斜めに貸家札の貼られた平屋
がある　それを見にここまで来た　確かめにここまで来た
あの少女の父親が浮き桟橋の突端の辺りで　一糸まとわぬ水

死体で発見されたのは五日前のことで　おとつひ丘の中腹の
寺での葬式に行つて饅頭を貰つたが　それは帰り道に　海に
投げた

路地道を抜ければ海岸の通りに出る　浮き桟橋は　ここから
左へ百メートルほどの所だが　私は右に曲がつて　石造りの
御神燈の明かりに向つて走る　躓いて前に手を突く　貝殻で
小指の付け根が切れてゐる　血は　生臭くかなり塩つぱかつ
た

(このとき　九歳の私には判らなかつたが　二つの岬に区切
られた水平線のあたりにぼんやりと白い大入道がたちはだか
つて　私を　私だけを　凝視してゐたのだ)

大きな峠の思ひ出

「シッカケの峠にやあ火車が棲むさうな」と　何度か聞かさ
れ　そのくせ「カシャ」なるものの実体については　満足な
説明を聞いたことがなかつた　鬼だといひ　猫だともいひ
祖母の話は　いつもいつもとりとめが無かつた　そのシッカ
ケのどこまでも長い峠道を　傾く日を背に受けながら　せつ
せと登つてゐたのだ　一人で　十四歳の私は

九十九折《つづらをり》の石ころ道　その十何番目かの曲がり目では　視界
が急に開けて　杉木立のあひだから　あとにしてきた村の一
角　茅葺き屋根の聚落と稲の生え揃つた田圃とが　はるかに
はるかに　いぢましく　見渡せた

もはや峠も頂きに近く　傾斜がいくぶん緩やかになつたとこ

ろに　朽ち歪んだ小さな堂があつて　この峠にかかつて最初
の人間に出会つた　中年の　目尻のつり上がつた　厚化粧の
女　堂脇の石に腰を下ろし　膝に拡げた新聞紙から　何かを
つまみ出して食べてゐる　ガサガサと紙が鳴り　カリカリと
嚙む音がする

女はこちらをじろじろ見たが　声を掛けてこなかつた　それ
を尻目に急いで　やうやく道が下りに差し掛る頃　背後で
だしぬけに　黒い柱状の雲が立ち昇り風が起こつた

一散に坂を駆け下りる　激しい雨が　私に　追ひつき　追ひ
越して行つた　麓の伯父の住む村に着いたとき　日はすでに
暮れ　誘蛾燈の火が田面《たのも》に映つて　何条もゆらいでゐた

藁の蛇の思ひ出

半ば朽ちた祠《ほこら》の左うしろ　谷水の小さな流れを覆ひ隠して茂る草の葉の蔭から顔を　のぞかせ　円い眼をせい一杯開けてこちらを　十七歳の私の動静を　うかがつてゐるのは　幼いころ絵本で見た事のあるビーヴァーだ

ビーヴァー　いや　ちがふ　あれはヌートリア——毛皮が飛行服の内貼りになるといふので一時期さかんに農家で飼はれた子犬ほどもある齧歯類で　いくさが終り　需要がなくなつて捨てられたものが　野生化し　繁殖して　水辺の畑を荒らしてゐるといふ

昨年来操業を止めた蠟石工場の　延々と長い乾燥棚の向側で

いまゆつくりと動くもの　動いて齧歯類の方へ近づくもの
胴まはり一尺ばかりの大きな蛇だ　そら　もうすぐそこまで
来た　齧歯類は人間に　私に気を取られて　まだ気付かぬ

私が手を拍つて　ＤＡ！　と叫ぶと　慌てて向きを変へよう
としたが　すでに遅かつた
惨劇の目撃者になるのがいやで　私は急いでその場を去る

それでも気になるので　翌朝早く覗きに行つてみると乱れた
草叢に　一つまみの獣毛が落ちてゐるばかり　しかし　祠の
横の槐《ゑんじゆ》の木の股に　かねてから掲《かか》げてあつた　太い藁の蛇の
頭とおぼしいあたりが　確かに血に汚れて黒ずんでゐた

理髪店のラヂオの思ひ出

同じ町内にも五分ほど歩いたところに床屋はあり　そこの老主人は　私が生れてまもなくから髪を刈りに出向いて来てくれてゐたのだつたが　自分で散髪に行けるやうになつた小学一年の私は　その幼な馴染みの古風な感じの床屋ではなくてもう少し遠くの　堀にかかる橋を渡つた向う側にある　当時の田舎町にしてはかなりモダンな雰囲気（外観も内部の造作や備品も）の店を贔屓にして　毎月　中旬になるときまつて出掛けた

その日は　店の雰囲気がいつもと違ふと思ひ　理髪椅子の上であたりを見回して　すぐに理由が判つた　右側にもう一台ある椅子の正面右寄りにそれまでは見たことのない箱型ラヂオが置かれ　ごくごく小さな音でだが　音楽が流れてゐる横型直方体の前面の三分の一位は　多分その裏にスピーカー

が隠されてゐるのだらう　金属（ブロンズ？）の繊細な透かし飾りで覆はれてゐて　その図柄は西洋風庭園の噴水　水盤の上で仰向いた鶴の口から水が噴き上がつてゐるところを描いたもの　そしてたちまち私の興味を惹いたのは　その水が止めどなく動いてゐることだつた　もちろん本当の水であるわけはない――ないが　照明のくふうか何かで　いかにもそんなふうに見えるのだらう　不思議な仕掛けだ　どうなつてゐるのかなあ　うん　さうだ　確かに動いてゐるぞ

ところが散髪が終つて代金を払うのもそこそこに　理容師の小父さんに聞いて見ようとした時には　もうその水は動いてゐなかつた　夢でも見たんだらうと小父さんにからかわれて外へ出たけれども　釈然としなかつた　そして釈然としないのは　何年も何十年も過ぎた今でも　まだ……

山あひのプラットホームの思ひ出

それは山峡の小さな駅のプラットホーム　その中ほどにある
形ばかりの待合室で　私は　十歳の私は　母や姉と一緒に
母の実家のある町へ行く乗換列車を待つてゐた　時刻は五時
半　しかしまだ明るい　明るいのに線路の向うの駅舎には灯
がともり　黒い人影が動いてゐる

列車が来るまでには　あと三十分あまり　待ちくたびれた私
は　コスモスが一むら揺れるプラットホームの端に向つて
歩いて行つた

ところが　どうだらう　行つても行つても　端まで行き着け
ないのだつた　歩くにつれてプラットホームもぐんぐん伸び
て行く　もうその先端は霞んで見えないほど

をかしい　もう帰らうと振り返れば　なんとそこは田舎の宵祭の参道で　ゆかた掛けの大人や子供でいつぱい　石畳の両側にはアセチレン燈を灯した夜店の屋台がぎつしり　下駄や木履の音　人々のざわめき　そして私はその群衆の中に同級の少女の顔を見かけたやうに思ふ

その少女が去年死んだあの子だと気付いた時　巨きな巨きな蟷螂の赤茶けた鎌のやうなものが一閃し　すべてのざわめきがたちまちに遠ざかり　私は佇《た》つてゐる　元のプラットホームの端近くに　向うで手を振つてゐる姉「もうすぐ来るよ汽車が」

廃坑の入口の思ひ出

当時は国民学校と改称されてゐた小学校を卒業する頃に　茶色い小型本の『西洋怪談集』の中で「妖物《ダムドシング》」といふ一篇にひどく心を揺さぶられた　その前年に　何処となく似た体験をしてゐたものだから

谷川のほとり　夏草の茂りに茂つた中に　半ば隠されてその廃坑はあつた　暗い洞穴の入口　すでに人工の跡も　出入りを遮る柵も失はれ　ただ　小さな白い花が無数に揺れ　耳元をしきりに虻がかすめて飛んだ　以前は　このあたり摩利支天の祠からさらに四、五町奥のあたりで　ニッケルだかクロームだかの鉱石を掘つてゐたと聞かされ　好奇心から　一人で捜しにきて　たうとうそれらしいものを見付けたのだが

それが変哲もないただの洞穴であることにがつかりし　私は十二歳の私は　それでも恐る恐る中を覗いて見たりしたもの

の　踏み込んでみる勇気もなく(懐中電燈の用意もなかつた)
しばらくそのあたりで休んだ後　もう引きあげようとした

そのとき　それは起つたのだ　ごうといふ激しい音と共に何物かが　洞から躍り出て　しも手の方へ駆け去つて行つた
何物　それは何だつたのだらうか　透明で形もつかめず　大きな風の息吹とでもいふ他はないもの　その物凄い勢ひに圧されて私はのけざまに倒れた

倒れながら　しかし私はぼんやりと感じてゐた　跳び出して行つたのが　無数の死人と死馬との幻の　一つに縺れ合ひ融け合つた塊であつたことを……
一面の丈高い草がひとしきり騒めき立ち　そして　今　やうやく静まらうとしてゐた

白い木箱の思ひ出

縦・横・高さが　それぞれ三尺ばかりで　何も入つてゐなくても一人では到底運びきれない大きさの白木の箱　それが久しく祖父の病室になつてゐた奥座敷に　年の瀬間近の朝早く　三人の人手で持ち込まれ　六歳の私は目を瞠つて見守つた　あれは　祖父の遺骸を二十里離れた山間の本宅へ運んで土葬にするための「座棺」といふ物だと教へられた

別室へ遠ざけられ　しばらくして戻つてみれば　箱には錦の布《きれ》がすつぽりと掛けられ　その前に置かれた　小さな経机そして青磁の香炉　さうか　つい先程まで寝床に横たはつてゐた祖父は　今は　あの中で曲げた膝をかかへた姿勢で蹲つてゐるのだ

昼過ぎ　やつと到着した霊柩車とハイヤーに分乗して　私たちは出発した　途中で私と兄そして伯父の乗つた自動車のエンジンが不調で　その修理のために　他の車から三十分ほど遅れた

舗装されてゐない県道から村道を　のろのろと辿つて　山襞にはさまれた田舎の家の前に着いたとき　短い冬の日はもはや暮れかかつてゐた　柩はとうに着いてゐて　礼服や黒紋付きの人々が店の間から中の間・奥の間にかけて　座敷を埋めつくしてゐた

明日は大掛かりな葬式といふ　田舎の家の　その夜の夢に　あの四角い白い木箱が　ふはりと現れ　六歳の私は怯えて何度も大声を挙げた　箱の中を一杯に満たして　角の生えた赤い眼の蛇体がとぐろを巻いてゐる

数百の会葬者を集めた葬儀から丸一年が過ぎて　ふたたび墓参に訪れてみると　あの木箱の埋められた場所に一きは丈高い石碑が建てられ　そしてそれが　幾分か　右うしろ側に傾いてゐるのだつた

町はづれの堀川の思ひ出

「わづかに彼が覚えてゐるのは　生れてまもないころ　なにか菓子折のふたのやうなものに乗せられて　川に流されてゐたこと」だけと　兄が購読してゐた少年雑誌付録漫画の扉に作者が書いてゐるのを読んで　私は　ひよつとしたら　自分もそのやうに流れ流れて　この家に辿り着いたのではなからうかと　いささかやるせない思ひにひたされたが

しかしそれも　たかだか三分か四分のあひだのこと　戸外《そと》で呼ぶ遊び仲間の声に我に返つて　駆け出して行つたのは小学校二年のころだから　七歳か八歳だつたのだらう

戸外には傾きかかつていくぶん赤みを帯びた日光がそそいでゐた　百メートルほど歩いたところにある堀川の土橋のたもとに群がつてゐる男の子　同級の顔見知りも二三人まじつて

ゐて　皆は　竿の先の糸に結んだヤンマの雌を振りながら
雄のヤンマ（ギンヤンマ？）を誘ひ寄せようと　走り回つて
ゐる　呪文のやうに口々に唱へてゐるのは　遠い昔から伝は
つた　意味については諸説紛々の蜻蛉釣りの唄だ

竿を持つてゐない私と友人とは　堀川べりの大柳の日蔭に坐
り込み　錆びた五寸釘を交互に地面に投げて「釘立て陣取
り」の遊びをした　やがて　それにも飽きて顔をあげると
やうやく夕靄の立ち始めた目の前の水面を　櫓舟が一艘　ご
くゆつくりと遠ざかつて行く　その櫓のきしりに混つて　い
かにも力のない　赤児の泣声が途切れ途切れに聞え　私は何
故かまたしても　家で読んだ漫画本の　あの痩せた黒犬のこ
とを思ひ出した

ある「地獄巡り」の思ひ出

「紺屋地獄」「坊主地獄」「泥地獄」……　山間の温泉場では
往々見られる「地獄巡り」といふのが　そこにもあつて　木
造の桟道を辿つて行くと　両側の青黒い泥地に　擂鉢や漏斗
の形の孔が点々と開き　間を置いて熱湯と泥との混合物が湯
気や硫気といつしよに　半球状に　ぼこりと噴き上がる

一家で湯治に来て三日目　宿の娘（十六、七歳だつたらうか）
が　退屈して駄々をこね出した私を　この木道に連れ出して
くれたのだつた　いくぶんか訛りのある言葉で「地獄」のひ
とつひとつの名前と　そこにまつわる悲しい言伝へとを　小
児にも判るように説明してくれるのだつたが　私　五歳の私
は　たなびく湯気や　間《ま》を置いて湧き出しては炸《くだ》ける泥の半
球にすつかり眼と心を奪はれて　説明の方は　うはの空で聞

いてゐた

娘が急に黙つてしまつたので　どうしたのかと顔を振り仰ぐと　娘の頬を涙が伝ひ落ちてゐる　何十、何百年の昔にあつたとされる悲しい恋の思ひ出に　語りながらみずからが感動したのだつたらうか

娘は私を　いきなり抱へ上げると　きつくきつく抱き締め頬を擦り付けて来た　私の頬も娘の涙で濡れた

西にひらけた空に　大きな鯖の形の雲がよこたはつてゐて
背は黒く　そして腹側《はらがは》はうすら紅く　どうやら太陽は　その魚の鰓あたりに　隠されてゐるらしかつた

山麓の石原の思ひ出

二千メートルにはかなり足りないにしても　この地方では随
一の高山　その裾野の端に旧制高校生の従兄の家があつて
馬はその隣家から　十九歳の従兄と十五歳の私とで　二頭を
鞍付きで借り出した　登山口の聚落までおほよそ一里半の緩
い登り　思へばあれは　わが人生に於ける最初にしておそら
くは最後の　長距離騎行だつた

道沿ひに二十軒ばかり連なる軒の低い家並が　目指してきた
聚落で　突当りに　寺とも社とも見える宿坊の建物がある
建物は広い石の河原を背にしてゐて　木立に馬を繋いだ私た
ちがその石原へ踏み込んだのは　平たい大石を食卓代りに
伯母が持たせてくれた握り飯にかぶりつかうといふ目論見で
あつたのだが

だしぬけに日が翳り　すべてがまるでモノクロームの画面の
やうに　いや　むしろネガの画面のやうになつた　「あ　あ
れ」　従兄の指さす方をみると　百メートルほど上手《かみ》の　そ
こだけ大きめの石を集め　ケルンといふのだらうか　積み上
げてあるのを取巻いて　みな同じ背丈で　一様に白い衣装を
まとつた大勢の（三四十人はゐたらうか）子どもが踊りなが
ら回つてゐる――唄つてゐるのは口が一斉に開いたり閉じた
りするので判る　けれども　声はまつたく聞こえない

厚い雲が去つて　あたりに色彩が戻つたとき　石積みの周り
にもはや子どもたちの姿は無かつた　ただし　その恰度《ちやうど》真上
に当たる空に　淡い淡い昼の月が懸つてゐた

初出

「現代詩手帖」二〇〇五年七月号、同年十一月号、二〇〇六年一月〜七月号、同年九月号

偽《ぎ》記《き》憶《おく》　かりのそらね

著者——入沢康夫《いりさわやすお》

装画——梶山俊夫

発行者——小田久郎

発行所——株式会社思潮社

一六二—〇八四二　東京都新宿区市谷砂土原町三—十五
電話〇三—三二六七—八一五三（営業）・八一四一（編集）
FAX〇三—三二六七—八一四二　振替〇〇一八〇—四—八一二一

印刷——三報社印刷株式会社

製本——誠製本株式会社

発行日——二〇〇七年十一月三十日